푸른사상
시선
103

소란이 환하다

유희주 시집

푸른사상
PRUNSASANG

푸른사상 시선 103

소란이 환하다

인쇄 · 2019년 6월 1일 | 발행 · 2019년 6월 5일

지은이 · 유희주
펴낸이 · 한봉숙
펴낸곳 · 푸른사상사

주간 · 맹문재 | 편집 · 지순이, 김수란 | 마케팅 · 김두천
등록 · 1999년 7월 8일 제2-2876호
주소 · 경기도 파주시 회동길 337-16(서패동 470-6) 푸른사상사
대표전화 · 031) 955-9111(2) | 팩시밀리 · 031) 955-9114
이메일 · prun21c@hanmail.net / prunsasang@naver.com
홈페이지 · http://www.prun21c.com

ⓒ 유희주, 2019

ISBN 979-11-308-1438-4   03810

값 9,000원

푸른사상 시선 103

소란이 환하다

사람은 태어나 한 단어로 시작해서 서서히 언어의 지평을 넓혀간다. 누가 얼마나 많은 언어의 지평을 열었을까. 사유의 지평은 또 얼마나 깊이를 더했을까. 시인들은 그 언어의 지평에 있어 콤플렉스를 느끼는 자들이다. 끝없이 새로운 언어와 이미지와 메타포를 찾아 헤맨다. 에스엔에스(SNS)가 발전하면서 사람들은 좋은 글, 좋은 시들을 서로 보내며 위로한다. 너무도 평범한 감정이 흘러넘친 그 글들을 나는 읽지 않았다. 시인에게 있어 평범한 것은 재미없으니까. 시가 사람들 속에서 걷지 못하는 이유가 여기에 있는 듯하다. 그들은 화려한 수사와 비문 등으로 직조된 메타포를 이해 못하므로 시인과 소통하기보다는 그들대로 소통한다. 사람들 사이에서 시가 사라진 지 오래다.

내가 사는 이곳은 거대한 수도원 같은 곳이다. 삶 자체가 수행이 아닐 수 없다. 새로움을 향해 치닫던 나는 길 위에 멈췄다. 나의 수행은 걸어온 길을 되돌아가 일상의 언어로 챙겨 보는 것에서 출발했다. 자연스럽게 언어의 거품들이 사라졌다. 또한 감성의 거품도 사라졌다.

어느새 미국에서 오래 살아온 나는 섬광처럼 스치는 시적 이미지들도 매우 미국적으로 변했음을 느낀다. 감정의 표현과 전달 방법 자체도 달라졌다고 고백한다. 허락되지 않은 상태에서는 상대의 그 어느 것에도 개입하지 않는 것이 체질화되고 있다. 그 때문일까, 내 시를 만난 사람은 작품의 표현에 갇히기보다는 자연스럽게 자신만의 시를 발견하게 되기를 바란다.

시인은 신과 사람을 이어주는 제사장이었다. 그동안 나는 나 자신을 위한 제사를 지내고 있었던 건 아닐까 반성하며 친구와 이웃들의 언어로 돌아간다. 나의 이러한 시도는 자칫 위험하다. 아직 날것의 언어를 받아쓰기도 서툴고 전달하기도 서툴기 때문이다. 그러함에도 이번 시집을 기꺼이 제단에 올린다.

2019년 5월
유희주

■ 시인의 말

제1부 다정한 수행

제2부 걸음걸이

제3부 연인에 부쳐

제4부 그들의 숨결

제1부

다정한 수행

신발

쓰던 물건을 파는 야드 세일
쨍쨍쨍쨍 블랙아이드수잔까지 피었으면
올해 필 꽃은 다 피었다
노인이 신발을 오십 켤레쯤 내놓았다

어딘가 걸어 다녔던, 가고 싶었던
역마살을 팔고 있다
몸을 접어 의자에 앉았으나
큰 신발에 발을 넣으면 금세 낯선 곳에 이를 것 같겠다

이골난 실용주의 시인, 어쩌겠나
심겨진 곳에서 이웃과 설긴 뿌리 깊은 검은 눈이 된다
신고 있는 한 켤레면 됐다
어서 가자, 집이 가깝다

생일 미역국

검은 바다를 송송 썰어 끓이는 날
좀 떫은맛
설끓은 비린 맛
퍼들퍼들 살아 있는 검은 파도들이 서로 얽히다가
부드럽게 맞닿아 잠잠해지면
깊숙한 맛을 낸다

산후조리를 아무리 잘 해도 벌어진 뼈마디를 좁히진 못한
다
서양의 여자들은 애 낳고 바로 아이스크림을 먹지만
우리네는 뜨건 국물로 길을 내야 젖이 돈다

애를 낳은 달은 어미와 자식이 동시에 통증을 기억한다
바다를 오래도록 끓여 함께 먹으면
밥상머리에 앉은 가족은
한 길 더 깊어진다

궤도

살아만 있어도 본전이다
언제든지 장사를 다시 시작할 수 있다

배곯지 않으면서
순한 마음 유지하면 아주 큰 이문을 남긴 것

달이 배불렀다 홀쭉했다 반복해도
늘 환한 것처럼

궤도에 머물기만 하면 된다

2월 말

기울었으나 겨우 두 달 지났다
새벽이 푸른빛을 섞을 즈음이면
눈과 비가 앞서거니 뒤서거니 함께 걸을 즈음이면
새들은 사람 가까이 내려와 집을 짓는다

염화칼슘과 섞여 길옆에 쌓인 눈더미를
Snowbank라 부르는 이유는
갑자기 봄이 오면 단 하루 만에 다 녹아
먹을 수 없는 소금 가루 흔적만 남기기 때문이다
바람 불면 $CaCl_2$, 꽃가루인 척 뿌옇게 날린다
멈추지 않는 기침과 알러지

"맞아, 돈이란 이런 거지"

종일 식당에서 일을 한 날이면
자꾸 도수가 높아지는 안경 위에 기름 파편이 가득하다
깨끗하게 닦아야
붉은 부리로 찰진 지푸라기 집을 짓고 알을 낳은 후

창공을 앞마당처럼 들락거리는 새를 볼 수 있다

눈부신 밥 한술에

지지지지 재재

멋대로

죽을 때쯤 아이가 된다면
오십 줄에 앉은 사람들은 십대쯤 되겠다

아이로 저물기 시작한 동무들이
밥상에 함께 앉은 손주의 숟가락에 정성스레 반찬을 얹
는다

간결해진 얼굴 표정
묵묘가 되어버린 젊은 날이 손자의 얼굴에서 봉긋 올라
선다

손자를 부를 때 가끔 아들의 이름이 먼저 튀어나오는
할머니들의 대책 없는 교훈

벽도 오래 기대고 서 있으면 체온이 스미더라
견디지 못할 사람은 없지만
굳이 견딜 필요도 없더라
그러니 멋대로

이미 물목에는 따뜻한 숨이
드나들고 있으니

이제

다 버리고
한길로 통하는 샛길만
해마다 갈피갈피 넣어야지

손톱깎이와 빨간 귀걸이 하나쯤은 괜찮겠지
북마크처럼, 여기
여자였다고

맥도날드 뒤에서 텐트 치고 자던 홈리스가
둘이나 죽었다는 소식, 집이 있었다는 뒷소문
꼴랑 정부 혜택 더 챙기려다

나, 귀걸이도 버릴까
쟁일까

어금니

어금니가 아프다
심하게 흔들리는 밑동
잔뿌리가 발톱을 오므리고 있는 동안

엄마에게 몸이 삭기 시작한 소식을 알린다

텅 빈 입 꼭 다물고 틀니 만들러 가는
전철 안에서 사람들 구경하다가
전화통에 얼굴 들이대고 활딱 말씀하신다

"밥 먹을 이만 있으면 괜찮아"

합죽한 입이 부처다

질그릇

아지랑이는 몇 겹의 시간이 엉켜 있는 것처럼 보이지
심장 속의 찌르라미 한 마리 날개를 부비기 시작해
허무허무 찌르르, 허무허무 찌르르
맹렬하게 우짖다가

도저히 안 될 지경에 들면 해발짝 웃어버리지

입속에서
햇살이 쏟아져 나와
찌르라미도 쏟아져 나와
그제야 텅 빈 몸에
그늘이 담기지

배움

눈이 녹아
시냇물이 되듯

사회, 인문, 과학, 종교
뜨거운 활자들도 녹으면 평평해진다

그러다 별거 아니라는 듯
공중에 발자국 소리를 내며 달려나간다

입술은 당분간 그대로 둔다
적막함이 차려면 아직 멀었지만
나름
적당하다

밤

부지런한 어른들 하나둘 사라진다
창문을 열면 어두운 거울 속에
달 하나, 별 열두 개, 사람 사는 집 넷 그리고 풍경 소리

기쁘게 살라는 숙제를 하는 목숨들
여든아홉 살 우리 엄마도 필동 언덕 집에서 숙제 중이시다

아침 찬거리로 잘 삭은 청국장이 좋겠다고
잠자다 말고 말씀하신다

돌탑 되기

어린잎들이
돌을 짚고 5센티미터 올랐다
큰 돌의 이끼 푸른 주름
사이로 손가락을 말아 넣고
무성 무성 숨이 자란다
화석이 된 자궁의
무궁한 본능

아이들 높이 오르도록
버텨주다가

굵어진 줄기에 슬쩍 기댈라치면
순간 아찔
스스로 어지러워

허벅지에 힘을 준다

나무 울타리

못 없이
어깨를 걸었다는 것이
오기 어린 노인처럼 짱짱하다

청청한 옥수수밭 안
크느라 소란이 환하다

버스 온다는 신호 기다리는 동안
푸른 소리를 잡고
무릎을 세운다

같다

길가에 버려진 맥주병에도
담과 담 사이로 떨어진 4층 집 아이의 장난감에도
새벽이면 이슬이 모여 응얼차다

해가 나
마르는 동안은
무지개보다 더 많은 색이 가득하다

유난히 많은 그린필드 타운의 홈리스들
모든 목숨의 부피는 같다

누구에게나 빛 든 순간이라도 있다면, 있었다면 다행
그나마도 없다면, 없었다면 비켜서야 한다

잠시므로
더 늦지 않게

개미집

벌레들이 짝을 찾는 소리가 잦아질수록
식물들 제 씨를 아무릴수록

고운 흙으로 밥을 짓는 소꿉놀이
고운 흙으로 집을 짓는 목수놀이

땅속에 열심으로, 정성으로 집 짓는 소리랑
무덤 짓는 소리랑
비슷하다

친절해지기

연속극을 같이 보는데
남자가 울기 시작한 이후
살기 편해졌다고 한다

몸속을 잘 씻어낸 개숫물 콸콸

사는 데 유리했던 지난 세기의 관습이 쏟아져 나왔을까
사는 데 종속되어야 편안했던 것은

질긴 섬유질을 가진 나물
국물만 빼 먹고 탁 뱉어내듯, 그럴 수는 없어

대충, 흘린 눈물만큼만 친절해진
서로를 의지하고 있을 때
그럴듯한 연리지
우뚝

제2부

걸음걸이

주민등록 초본

새 그림자
밟기 놀이를 하다가
열일곱 번의 이사를 했다
한 번도 앞서 달리지 않는
그림자 끝만
밟으며

멀리서 보니
모국의 땅덩이는 모두
한 동네였다

인수봉 아랫동네

빗소리
잘게 부서진 추억들이 쏟아져
땅의 옷깃을 여는 소리

화계사 숲 나무들은
붉은 옷을 염불 소리를 피해
색살스레 벗는다

곧 실핏줄까지 들여다보이는 몸으로
창창히 겨울로 들면
포맷 그리고

4·19탑, 문틈으로 보았던
창연한 얼굴들 위에
봄

번동 일기

차비로 병아리를 샀다
가방에 든 책을 꺼내 가슴에 안고
삐약삐약 소리에 맞춰 걸었다
병아리는 일주일을 넘기지 못하고 죽었다
가난한 살림에 강아지를 얻어 와 키우면
여름날, 개장수가 훔쳐 갔다

살아 있는 것들을 애지중지하는 것은 타고나는 것
도처에는 죽음이 아무렇지도 않은
씨앙 것들이 많다

공장 굴뚝을 보면서 집을 찾았듯
목숨이 나침반 되었다

근대사, 틈에서 겨우
척추를 세우고
자랐다

삼양동 빨랫골

가뭄이 들면
어른들은 물지게 지고
아이들은 주전자 들고
물차에서 뿜어주는 물을 받았다

소독차가 큰 소리를 내며 달리면
어른들은 창문을 열었고
아이들은 뿌연 연기를 따라다녔다

빨랫감을 머리에 이고 개울에 이르면
어른들은 아래에서 빨래하고
아이들은 위에서 멱 감았다

함께여서 좋았다

미아동

오렌지 집 마당
엄마가 심은 파 뿌리는
벌써 십 년째
또 나오고, 또 나오고, 또 나온다

담장처럼
통통한 줄기에 봄 숨, 가득하다

1979년, 집 마당에 있던 채송화, 분꽃 씨는 아파트 단지
지하 몇 미터쯤에 있을까

사라진 가난한 사람들의 화단은
가끔 흑백 사진으로
컴퓨터 속의
IP와 IP 사이를 떠돈다

쌍문동 1987

그 집의 등나무가 좋았다
여름이면 주렁주렁 보랏빛 꽃을 매달고
대문을 열면 종을 울리듯 향기를 흔들어댔다

연애와 민주화 운동이 같은 비율로 몸을 채웠던 젊은이들
최루탄 냄새를 뒤집어썼어도
쌍문동 즈음 오면 가실 만큼 시내와는 멀었던
삼류극장처럼 동시 상영이 가능하던 그곳

모든 이야기는 빛이 바랬지만
동지들은 결혼을 하고 아이를 낳아 키우고
민주화도 이뤘다

정릉

아프기만 한 동네도
돌이켜보면 좋았던 것이 있다
시장길을 돌아 언덕으로 오르면
골목길마다 한 켜 한 켜 쌓인 연둣빛 이야기들

치자꽃 향은 멀리 갈 수 있는 발을 가졌고
제라늄 향은 손으로 비벼야 맡을 수 있다는 것
풍경 소리는 집을 떠나지 못하는 영혼이 바람의 힘을 빌
려 말을 하는 것
가난한 동네일수록 어깨를 부딪친 인연이 많다는 것

통째로 아픈 동네였어도 살길들을
내다 팔던 길음시장 상인들
재개발된 아파트 단지로 들어갔을까
그곳에서 15층 베란다에 화단을 내고 풍경을 매달았을까

그랬으면 좋겠다

사당동

자기만 아들을 낳은 듯
'여보세요' 양품점 주인 여자는 갓 낳은 아들을
세상 사람들이 잘 볼 수 있는 방향으로 안고 다녔다

돈이 없어서 물건도 제대로 해놓지 못했던 여자
양품점 망할 때 즈음에는
꽤나 악지 있는 아줌마가 되어 밥을 벌었다

살아야 하는 이유가
자식에게로 옮겨간 아줌마들의 첫 명분은 모두 순하다

자식들이 스스로를 지킬 수 있게 되면
그 악지 어디에 버려야 하나
안절부절못하다가
꿀꺽 숨긴다

화곡동

직장이 멀어서 욕만 해댔던 그 동네에서
젖먹이 아들이 걷고 뛰었다

제복을 입은 경찰이 차를 몰고 동네를 순찰하면
냅다 뛰어가 경례를 하던 아들의 꿈은 경찰이 되는 것

꿈은 이루었으나 국적이 바뀌었다
국적이 뭔 상관인가 사람만 지키면 됐지
장래 희망이 심겨진 흙은
욕이 가득했던 반지하의 습기 찬 방, 거기도 대한민국

마른 바람, 거듭나는 동안
세 번쯤 죽어 묻혔던 그 높은 언덕에서
아이는 싱싱하게 꽃대를 올렸다

능곡

덜렁 5층짜리 아파트만 있었다
재개발을 꿈꾸던 사람들이 모여 살았다
빈 땅이 많아 고층 아파트 쑥쑥 잘도 올라가는 동안
기다리던 5층짜리 아파트 주민들은 떠났다
빈 땅이 없어질 즈음
그들이 떠난 자리에 잠자는 돈이 들어오기 시작했다

바람의 걸음이 너무 빨랐던 들판에
불빛이 사람을 끌어들인다
벌레알처럼 까만 머리들의 행진

땅 밑은 지상만큼이나 길이 복잡하다
멀었던 능곡까지
더 먼 대화역까지

도곡동 이화주택

사랑을 해야만 살 수 있었다
몰입해서 사랑을 해야만 살 수 있었다
밋밋한 시간은 지옥이었다
다 그저 그렇게 된 상태를 견디지 못했다

딸을 다른 곳에 떼어놓고
일주일에 한 번씩 보러 갔다 오는 날이면
물려받은 중고차 안에서 기름 냄새와 울음소리를 섞었다
남편이 불붙여주었던 담배

배나무 꽃 이름을 가진 집 계단은 너무 깊었는데
고작 댓개밖에 안 되었다

젊었기 때문에 깊은 거였다
배꽃 향기 그득한 뱅뱅사거리 그 집
계단이 쑥 올라온다

필동로 5길 (1)

접어들면
1970년대풍의 돌아드는 담장이 있다
십여 마리의 고양이들이 우르르 좁은 골목으로 내달리다
지붕 위로 뛰어오른다
경사진 언덕, 양옆의 집들이 촘촘한 마을
고양이들은 그늘진 기와 밑에서 낮잠을 자다
어둠이 깃들면 사람들이 흘린 사연을 하나둘
지붕 위로 물어 나른다

걷지 못하는 늙은 엄마들이 집집마다 있고
애달픈 얼굴로 수발드는 딸들이 집집마다 있고
컹컹 짖는 남자들이 집집마다 있는
서울의 중심, 충무로 뒤편 길

책상에 앉아 페이스북을 하고 있는 내가
꽤나 길이길이 남을 시를 짓는 줄 알고 늙은 엄마는
계속 먹을 것을 옆에 놓아두신다
하얀 도라지꽃이 허리를 꺾고

집 안 풍경을 들여다본다

생을 기록하는 인쇄소 필동 골목
인부들의 담배 연기가
종이 위에서 신발을 신고 있다
곧 이 시간도 인쇄되겠다

필동로 5길 (2)

빗물 마중 나간 성급한 산지렁이들이
뜰 안팎에 바짝 말라붙었다
몰려나온 개미 떼들의 폭식이 진행 중이다
비가 쏟아지면, 저들의 식사 시간도 휩쓸려 가겠다

관음사에서 키우는 개는
뜰에 들어와 세숫대야에 고인 물을 마시다가
제 꼬리를 잡아보려고 뱅글뱅글 몇 번 돌다
아침 법문 속으로 들어갔다

가뭄 끝에 비 들면
맞닿아 있는 지붕 아래 사람들끼리
조금도 손해 보지 않으려는 쟁쟁한 투쟁이
빗소리에 맞춰 골목 안을 울리기도 한다

비 그치고 다시 긴 폭염
신난 매미 소리만 골목으로 쏟아져 나온다

립스틱을 바르는 엄마의 거울 속으로

배추꽃 흰나비

사라진다

수유시장

엄마 시장 가면
호떡 하나 얻어먹으려고 따라나섰다

수십 년 뒤 콩국수 집에서
한껏 젊은 엄마와 한껏 어린 내가
수다스럽게 국수를 먹는다

"할머니 국물 더 드릴까?"

국수 두 젓가락에
사십 년을 말아 먹었지만
곧 다시 애가 되었다
엄마와 있을 때는
그냥 그러자

오렌지, 전쟁은 말이야

거반 풍경 하나씩은 처마에 매달아놓는다
둥둥, 딩딩, 채랑채랑, 후우후우
간혹 개 짖는 소리와 경적 소리가 섞이지만
마을 사람들은 설거지하다, 차를 고치다
바람이 만든 언어를 마신다

바람은 전사자들의 기념비가 있는 Orange Peace Park에 잠
시 머물렀다가
이제 할머니가 된 옛 애인의 뱃속에서 시간을 헤아린다
전쟁은 끝났거나, 진행되고 있거나, 끝날 것인가?
심장 뛰는 소리에 맞춰 시간은 내달리기도 소환되기도
한다

전사자들은 죽음의 순간을 말하고 싶겠지만
아무리 풍경을 울려도
할머니들은 기억 속의 목소리만 마신다
시퍼런 함성, 국가를 위해, 평화를 위해 충성!
하던 그 멋진 신기루

몸의 타투

사랑은 심장 아래께, 통증은 조금 옆에, 열정은 목울대에,
절망은 엄지발가락에
다가올 모든 것을 위해 넓은 뱃속은 남겨두자

눈으로 볼 수 있는 색깔보다 더 많은 색이 있다고 한다
기억의 통로를 걷는 빛들은
잊고 싶은 것들 까지도
영원히 비밀이고 싶은 것들까지도
세심하게 색깔을 입혀 몸 어딘가에 자리를 틀었다
몸은 색깔 덩어리다

이사 다닐 때마다 다가왔던 수많은 일들이 몸속에 들어
앉았다
수유리부터 매사추세츠까지 걸음마다 차곡차곡
몸은 이야기 덩어리가 되었다

오늘 하루는 새끼손가락의 손톱 끄트머리쯤에 있겠다

제3부

연인에 부쳐

나팔꽃

해는
서쪽에서부터
상향등을 켜고 밤새 달려오지
쨍 정수리를 비추면
축축한 어둠을 입고 있던 말들이
서둘러 몸을 말리고 밖으로 나와
분홍 ㄱ, 빨강 ㅣ, 노랑 ㄷ, 보라 ㅗ
함께 자던 벌레들과 쏟아놓는 수다가
모여 이룬 거룩한 음절

해가 져도 견딜 수 있는
단단한 분홍 뼈 하나
허리춤에 찬

말갛게

햇빛과 그림자는 한집에 살고 있는 애물단지
누구를 불러주냐에 따라 팔자가 달라지지
이도 저도 치우치지 않으면
키가 똑같아

오늘은 동지
내일은 하지
다른 날들은 모두 무릇해질 만해

혹여 다른 힘에 끌려나가도
괜찮으려면
헹궈내는 연습 365일

수국

웃을 때 쓰는 근육보다
울 때 쓰는 근육이 더 많다
그 간격 사이로 핀
뭉긋한 입술

꽃대 하나에 매달린 수많은 눈물방울들
그대로 떨어질 수는 없어
통째로

웃으며 마른다

시

긴 시
짧은 시

김 씨의 리어카 바퀴에 바람이 빠진 일이나
동네 여자가 애절한 첫사랑과 다시 만난 일이나
사실 매일반

살아 만나는 모든 일은 한군데로 모이기 마련
계절을 몇십 번 돌면, 몽땅 홍매화

햇살 속에서
살아 숨 쉬는 찬란한 무덤

그게 시

비린내

강가에서도
안개 자욱한 숲속에서도
빗물 고인 항아리에서도

물이 고인 곳이면
목숨의 처음 냄새 난다

바람 불면 내내 잊고 사는 그 냄새

쏟아진다
소낙비

별 세기

죄가 많이 깊어졌다
더 이상 희망이 없을 때
제일 높은 꼭대기에 올라
손가락을 뻗어 별을 세어보자

밤하늘에는 억겁을 건너온 심장들이
캄캄해서, 오히려 신났다

반짝인다고 말하는 건
보려고 애쓰는 눈동자 때문

흘러내린 머리카락을 쓸어 올리고
실핀으로 찡겨 올리면
하나 더 보인다

반성

굳이 그에게로
또는 나에게로 다가설 필요 있겠나
들깨를 터는데 자벌레가 떨어졌다
온 힘을 다해 몸을 접어 길을 잰다

더 이상 애절함이 없는 생은 심심하지만

풍경에 매달린 물고기, 텅 빈 눈으로
바람을 조율한다

옛 애인 한 명쯤은
허리 접힌 채 아직 거기 있기를
피아노 건반의 파#처럼
어중간한 음으로

끈

나무가 바람과 만나면 내는 소리
벽이 바람과 만나면 내는 소리
사람들은 바람 소리라 하지

몸이 있는 것들은 끝내 억울하지만
바람을 흉내 내다가
내.
다.
가.

정물인 채로도 바람이 될 수 있는 법을 알게 되지
그대 없이도 살 수 있는 법을 알게 되지

대나무

사랑의 불길이 휘몰아치면
계단으로 오르는 제의를 치렀다
몸 안에서 풍기는 소식들 냄새는
매캐한 재 냄새는
까마득한 아랫 계단들은
덕분에 담담하다

전화가 왔다
전화를 끊는다
목소리가 재가 되는 시간 내내 듣기만 하길 잘했다

스스로 사라지지 않고 견딘 이들은
마디로 버티는 대나무
소나기 소리를 내는 대나무
모두 훌륭하다

궁궁이 꽃

"이제야 네가 보여"
"나두"
입속으로 은하수가 들어온다

저 힘찬 아가씨는 어쩌다 저리 오지랖이 넓어졌을까
멀대처럼 삐죽 자라다가
한여름에 밤하늘에 대고 고백을 하더니
별들을 잉태해버렸다

사랑

분홍
  분홍
겹벚꽃 지는 늦봄마다
귀퉁이 귀퉁이
사라지더니
달랑
ㅇ

늘 허기진
둥근 배
ㅇ

해바라기

해 질 녘, 종일
너만 바라본 얼굴에
비가 떨어진다
얼굴로 목으로 발가락으로
흘러내린다

두두두두 우웅

이제야 숨을 쉴 수 있구나
숱한 섹스 중
으뜸이다

헤어진 날

가위로 덥석 머리를 잘라낸 후 육 개월을
불에 데인 피부가 제 색깔을 갖기까지도 일 년을
새벽빛을 명랑한 낮빛으로 일상 위에 바르면
만났던 시간만큼 바르면
그 찻집을 은사시나무처럼 꼿꼿한 낮빛으로 지나칠 수 있
단다

애들아 곧 괜찮다
이별의 아픔은 베이즐을 씹을 때처럼
몸 안에 향기를 퍼트리기도 한단다

민들레 부부

틈 속에서 두 손으로 제 어깨를 두른다

왼쪽으로 누우면서, 혹은 가슴을 바닥에 대면서, 길게 내
쉰 숨을 다시 마시면서
무릎을 세워 몸을 둥글게 말면서, 사방의 벽들이 간격을
좁히며 목숨의 부피만큼 다가서면

까치발, 까치발
턱을 치켜들면 작은 구멍으로 큰 하늘 보인다

까짓것
어쨌거나 꽃 피웠으면 됐지
평생 비정규직이었지만 사랑만큼은
서로에게 성실한
정규직 사원

상수리나무

숲의 귀가
개울물에 담겼다

이랑이랑 물이 흐른다

꼭 열매가 없어도
괜찮다고
물과 맞닿은 바람이 말해줬다고
아픈 나무를 위로하는 중에

가장 먼 가지 끝에 몇 알갱이 달렸던
도토리가 떨어진다
칩멍크가 잽싸게 물고 간다
저딴 위로
참 좋다

제4부

그들의 숨결

잠깐

아들을 위해 심은 사과나무 그림자
딸을 위해 심은 체리나무 그림자
꼬랑지 흔드는 강아지 그림자
그림자를 좇는 내 그림자
우리를 좇는 해 그림자

납작하고 검은 것들, 맹목으로
흙냄새에 골몰하고 있다

균형

꽃밭에서는 자리를 지키지 않으면 잡초로 구별된다
　세상살이에서는 함께 살자는 것이 같이 죽자는 것과 같을
때도 있다

　그런데
　잡초면 어때서, 좀 일찍 죽으면 어때서
　한.다.

　수년 후 자취를 감추었던 꽃이 되살아 나오면
　잊고 지낸 얼굴들도 어디선가
　순댓국에 들깨를 털어 넣으며 동료들과
　얽히고 있겠다

땅

햇살만 있으면
무진하게 꼼지락거린다
소나무 씨앗, 찔레꽃 뿌리, 개미, 지렁이, 거미, 유충들
죽고 사는 경계가 없는 흙을 밟으며
출근하는 한 시간만큼
밥을 먹는 삼십 분만큼
당신을 만난 그 오랜 시간만큼
흙과 닮아졌다

오래된 묵묘는 찾아오는 사람이 없으면
그제야 자유롭다

적멸에 들어서도
웃는 연습을 한 흔적은 남겠다

풍경화

붉은색
    초록색
노란색

캔버스에 발라놓고
쉰세 알의 전구가 빛난다고 말했더니
계단이 생기고 마을이 밝았더랬습니다
마을 입구에 강아지 꼬랑지 하나 쿡

지붕 위에 안테나를 만지는
아버지를 그려 넣으면
곧 TV에서는 생의 가장 즐거운 날들이
절찬리에 상영됩니다

개다리소반을 들고 들어오는 엄마
계란찜 냄새는
어떻게 그릴까요

고개

물가에서 물수제비나 뜨면서 보내는 이들과

돼지를 업고 산을 오르는 아시아의 어떤 나라 할머니들과

수십 마리의 개와 함께 집을 쓰레기로 가득 채우고 사는
여자와

우유 한 통을 사러 수십 리 길을 걷는 병든 남자와

고단하게 일을 해서 남편의 노름 뒷바라지하는 젊은 여
자와

연애에 실패해서 생을 망가뜨리는 청춘들과

산벚꽃 향기에 가슴 미어지면서

다 함께 넘어가자

베트남 여자

베트남 여자 바니는
화장도 곱게 하고 치장도 예쁘게 하고 있지만 늘 화난 얼굴이다
말이 통하지 않는 각국의 사람들끼리
가장 쉬운 단어, 앵그리 우먼이라고 부른다

유니폼 갈아입는 라커룸에서 앵그리 우먼이 노래를 듣는다
나는 베트남 노래냐고 묻고
앵그리 우먼은 가톨릭 노래라고 한다
바니는 찬양을 반복적으로 틀어놓고 눈을 감고 있다

미지근했던 향수가 울컥 뜨겁다
여름 내내 대상포진으로 고통받던 바니가
고향을 떠나서 겪었을 하나하나의 일은 곧 나의 일

콧소리가 예쁘다는 칭찬 한마디에
모든 경계를 다 풀고 낭창낭창해진 바니가 라커룸에서 드린
그 기도가 무엇이든
나는 무조건 아멘이다

시골살이

들깨 씨를 묻고
깻잎 한 상자에 십만 원을 꿈꾼다
재산을 탈탈 털고 융자까지 받은 귀농자들은
밭 위를 사뿐사뿐 걷는다
노랗게 병들어 갈아엎고
부풀부풀 살찐 깻잎이라 갈아엎고
키가 작아서 갈아엎었어도
땅이 놀라지 않게 사뿐사뿐 걸어야 한다

땅의 텃세, 언제까지 붙어살 것인가 시험 중이다
충심을 요구하는 중이다

새벽에 땅을 밟는 날이 많아지면
슬며시 소출을 늘려주기도 한다
그런 날은 막걸리가 하냥
졸음을 불러 세운다

우물 속에 빠진 책

첫 장에 머물던 중국 여자는 남편이 돈이 많아서 죽어도 상관없다고 말하고, 더 이상 고국에 갈 수 없는 몽골 남자는 수염과 머리를 기르기 시작했지. 까만 피부를 가진 네팔 남자는 능글맞은 웃음을 뭇 여자들에게 날리고, 영어 한마디 못하는 베트남 여자는 몰래 벽에 기대어 몸무게를 지탱하고 있어. 삼십 년의 노동으로 발목이 삭은 이민자들이 절룩

        절룩   다음 쪽을
             절룩   향해 걷는
절룩   단순 노동 공장에도 희망은 싹트지

별 몇 개 보이는 우물 속에서, 허우대 멀쩡한 자본주의사회에서 모래알처럼 흘러들어 한끼의 밥과 아이들의 교육과 모국어를 밤새워 줄 세우다 보면 달이 기울지~아리랑 아리랑 아라리요

비명 같은 신경통이 찾아와도 말이지 꿈이란 게 있다고

입이 말했나

　　　가슴이 말했나

　　　　　　발목이 말했나

　살아내는 기계가 되어버린 이들이 붉은 페인킬러 한 알을
우물 속에 떨구며 하루를 촘촘하게 기술하고 있는 거야.

한낮

어둠이 만져진다
서늘한 공기는 축축한 입술 같다
별을 징검징검 밟고 바다를 건너
환한 낮에 점심을 먹는 이들을 기웃거리다
엄마에게 들렸다

더 이상 아이들이 옆에 없는 밤
더 이상 일터가 없는 낮
더 이상 소풍도, 책도, 열무김치 담글 일도 없는
침대에 누워 그저 덩어리가 되어 가는 서러운 엄마에게
무슨 생각 하냐고 물으면
"죽는 생각"

붓꽃의 봉오리들이 벌어지는 소리
루파인의 꽃대가 치솟는 소리
땅속에서 허물을 벗는 애벌레들이 기지개 켜는 소리
밭의 딸기가 익어가는 소리
살아 있는 것들의 숨소리는 밤에만 들린다

바쁘게 죽음을 준비하는

소리들이 자그락 자그락 엄마에게 넘쳐난다

몸을 벗으면 엄마의 한낮은

다시 시작되겠다

선인장

비린내가
사라진 후

안에서 자라던 가시가
슬며시 벌어지며 잎이 되기도 하고
꽃이 되기도 했다

표정이 적막해지면
심심해서

가끔 날카로운 발가락을 삐죽 내밀어본다

등이 굽은 엘리자베스의 엄지발톱
붉은 페디큐어가
섹시하다

년

불빛을 향해 몸을 던지는 부나비들
날갯짓의 순간은 황홀했겠다
그렇지 않았다면 어떻게 몸을 던질 수 있겠나
차창에 부딪힌 수많은 황홀이 뿌옇게 흔적을 남겼다

분칠하고 나갔다가 삼 개월도 못 살고 죽은 과부를
꽤나 완고했던 동네 사람들은 지긋하게 세월을 잡숫고서야
신나게 살다 앗살하게 죽은 년으로 승격시켰지만
여전히 대화 속의 영진 엄마는 년이었다

이제 여자들은 죽음 대신 발칙하게 경쾌하다
년이면 어때, 왜 어둠 속을 날아다니나
불빛 속에서 년이면 어때, 사랑 얻으면 됐지
남자 아니면 어때, 컴퓨터도 있고 도구도 있잖아

죽음으로 사랑하던 올드 세대들은
년년년 하다가도 사는 것을 선택한
젊은 세대를 향해
슬쩍, 엄지 척!

어쩌다 낭만

제 몫만 살아내면 잘 살아낸 거다
모두 소설 몇 권씩은 몸으로 쓰며 산다
골목 끝 담장에 핀 맨드라미는
붉은 씨를 꽉 물고 여름을 견뎠다

껍질만 온전하면 괜찮다고, 속은 농해도 괜찮다고
쩍! 근대사의 머리를 갈라, 거짓말을 골라 먹이면, 먹었다.
견딜 수 없는 자들은 죽었고
몇몇은 살기 위해 적당히 변질되었고
많은 이들은 무엇을 먹었는지 밤마다 토해내며 스스로를
검열했다

살아남은 사람들이 광화문에 모여 혁명을 이뤘지만
맡긴 담보를 찾지 못하고 여전히 거리에 있다
그러니 우리는 이제 천생 낭만주의자
어쩌다 보니 혁명주의자
로 거리에 남는다

물수리

바위 꼭대기에 집을 짓고
비바람을 고스란히 견딘다
큰 날개를 펼쳐 날다가

'쉿! 정지비행이야

온 힘을 다해 날개를 정지시켰다가
목숨 걸고 낙하한다
물고기를 낚아채고 올라
새끼를 품고 있는 암컷에게로 숨차게 날아간다

고도의 집중력을 발휘하며
생계와 양육에만 전념하는 물수리
지상의 명령을 가장 잘 수행하는
아름다운 종자

눈밭

서쪽으로, 서쪽으로
붉은 노을을 따라 아무리 빨리 달려도
해를 따라잡지는 못해
들판 위로 시간을 베며 걸어오는 어둠에 젖어
윙윙윙 바람을 외면 말이지

쌀 살 돈이 없어 계단에 쪼그리고 앉아 있다가
개미 한 마리 꼬옥 눌러 죽이던 그때가 생각나
'독하지 않으면 죽잖아'
살려고 독해지던 그날이 쑤욱 목을 내미는 거야

목이 베인 옥수수밭은 따듬따듬 바느질한 목화솜 이불
같아
위에, 그 젊은 년을 눕히면 말야
어둠이 서서히 배를 가르기 시작해

모순의 날들이 가득한 뱃속에서
눈부시게 잘 무르익은 것도 있었어

빛 없이도 저 혼자
남은 내일들

독립지사 남자현

고치에서 두어 가닥의 실을 건져
물레에 걸친 후 꼭지마리를 돌리면
시간은 고운 명주가 되어 식솔의 생계를 이어줬어
앳된 과부는 헛숨을 마신 듯
진달래 꽃내조차 목에 걸려 넘어가지 않았지
붉은 결기의 옷을 스스로 지어 입고

아름다운 딸들아
기미코, 코하쿠, 히마리로 살 순 없잖아
투쟁도 없이 을사늑약이라니, 모두 무효다

마흔여섯 살에 압록강을 건너
조선의 딸들을 교육시키고 아들들을 뒷바라지하다
끝내 총을 들고 칼바람 속에 섰다

왼손 무명지 2절을 잘라 핏물로 쓴 '조선독립원'
"독립은 정신으로 이루는 것"
하얼빈의 남강외인 묘지에 묻혀서도

아찔한 그분의 정신

이 땅에 삽을 깊게 찔러 넣는다

해피 엔딩

여러분, 상자를 열어보아요
상자 안에 또 다른 상자 그 안에 또 다른 상자
모두 열어보아요

장독대 위에서 엄마 기다리다 잠드는 초저녁도
분꽃 피리로 불던 〈아니 벌써〉는 처음 들은 록 가요구요
라일락이 수수꽃다리라고 알려줬던 사람도 어느 상자에
서 툭 튀어나오구요
만화방 동무 은미, 암내 때문에 고민하던 상희, 등록금을
못 내 퇴학당한 은경이

상자를 열지 않으면 다 아무것도 아닌 게 될 뻔했던 것들
이
그곳에 살고 있어요
화르르 쏟아져 나와 곱게 햇빛으로 단장하고 기다리는 이
야기들을
새 떼가 물고 날아올라요

마지막 상자에는 아무것도 없어요

그 안에 몸을 넣으면 비로소 상자 열기는 끝나는 것이지요

잠결에 열게 된다면

물론 축복받은 해피 엔딩이구요

경계인이 회감하는 맛과 상생

김응교

　시 한 편에 최대한 공력을 들여 깎고 다듬는 언어의 세공기술자들이 있다. 내용 이전에 상상을 넘어선 언어의 기발한 발휘에 감동받지 않을 수 없다. 화려한 개인기로 언어를 부리는 정지용, 백석, 서정주 같은 시인을 떠올릴 수 있겠다.

　언어나 형식을 다듬기 이전에 거대한 사상을 전하는 데 목표가 있는 사상가다운 시인이 있다. 그들은 언어의 쓰임보다 자신이 생각하는 사상이나, 전하고 싶은 역사를 담는 데에 먼저 신경을 쓴다. 사상이나 역사를 시적 주제로 삼은 시인 신동엽이나 구상 시인 같은 경우가 그러하다.

　디아스포라 경계인(境界人) 작가의 작품에는 자신이 상실한 순간들, 지금 체험하고 있는 차별이나 모멸의 일상을 전하고 싶은 무의식이 가득하다. 게다가 모국어에서 떠나 외국어의 세계에서 모국어로 쓸 때, 되도록 쉬운 표현으로 내용을 나누고 싶은 무의식이 앞서기 마련이다. 이 지점에서 미국에서 시를 쓰고, 소설을 쓰며, 또한 인터넷 사이트를 만들어 한국문학을 영어로 번역하여 알리려 애쓰는 유희주 시인의 시집을 대한다.

1. 맛, 길의 회감

유희주 시인은 일상과 기억의 한순간을 그대로 전하고 싶어 한다. 유 시인이 전하고 싶어 하는 일상은 아메리칸 코리안이 겪는 디아스포라의 일상이다. 유 시인은 2003년에 미국에 가서 살고 있는 디아스포라 시인이다. 유 시인의 기법은 촘촘하고 복잡하게 직조되어 난해성(難解性)의 수수께끼를 풀어야 하는 극적 상징의 체계가 아니다. 그냥 봄 햇살 속의 고요한 느낌, 그 순간이랄까. 인간이 일상에서 부딪치며 느끼는 그 순간을 스냅 사진처럼 전하려는 작법(作法)이다.

일견 쉬운 것 같지만 쉽지 않다. 일상에서 서정시의 순간을 포착하여, 그 순간을 최대한 쉽게 표현하면서도, 한두 줄 전혀 독특한 낯설게 하기(Defamiliarization)가 작동해서 조금이라도 신선하게 전할 수 있으니 말이다. 유 시인은 바다 건너에 있지만 끊임없이 고향을 그리워한다.

부지런한 어른들 하나둘 사라진다
창문을 열면 어두운 거울 속에
달 하나, 별 열두 개, 사람 사는 집 넷 그리고 풍경 소리

기쁘게 살라는 숙제를 하는 목숨들

여든아홉 살 우리 엄마도 필동 언덕 집에서 숙제 중이시다

아침 찬거리로 잘 삭은 청국장이 좋겠다고
잠자다 말고 말씀하신다

— 「밤」 전문

우리 엄마가 "필동 언덕 집에서 숙제 중"이라 하지만, 그 필동
이 실제 필동인지, 관념 속의 필동인지 정확하지 않다. 인생은 입
학식만 있고, 졸업식이 없듯이, 엄마나 이 시를 쓰는 화자나 모두
"숙제 중"이다. 시인에게 물으니, 너무 늙어 거동을 못 하시는 엄
마와 매일 영상 통화를 한다고 한다. 죽음을 향해 조금씩 움직이
는 어머니의 시계는 어머니 것만이 아니다. 중년의 시인 아니 이
시를 읽는 독자 또한 죽음을 향해 간다. 다만 시인은 죽음을 '밤'으
로만 보지 않고, 환한 '아침 찬거리'에 유비시키려 한다. 중요한 것
은 "아침 찬거리로 잘 삭은 청국장"이라는 표현이다. 한국에만 있
으면 공감하기 어려우나, 오랜 이국 생활에서 '삭은 청국장'이라는
단어를 듣는 순간, 그 순간 삭은 청국장에 얽힌 모든 기억은 회감
(回感)된다.

에밀 슈타이거가 쓴 '회감(Erinnerung)'이란 서정시의 가장 중요한
속성이다. 회감이란 "주체와 객체의 간격 부재에 대한 명칭일 수
있으며 서정적인 상호융화에 대한 명칭"(에밀 슈타이거, 『시학의 근본
개념』)일 수 있다. 가령 우리는 '삭은 청국장'이라는 단어를 들으면,
늘 먹는 사람은 귀에 스쳐 지나갈지 모르나, '삭은 청국장'을 먹을
수 없는 상황에 있는 디아스포라는 순간적 울림을 경험하며, 삭은
청국장을 먹었던 순간을 향해 공간과 시간을 뛰어넘어 순간적 일

치를 공감하는 서정적 융기(隆起)를 체험하는 것이다. 디아스포라 유 시인의 시에 음식의 맛이 나오는 까닭은 바로 맛의 회감이 작동하기 때문이다.

> 검은 바다를 송송 썰어 끓이는 날
> 좀 떫은맛
> 설끓은 비린 맛
> 퍼들퍼들 살아 있는 검은 파도들이 서로 얽히다가
> 부드럽게 맞닿아 잠잠해지면
> 깊숙한 맛을 낸다
>
> 산후조리를 아무리 잘 해도 벌어진 뼈마디를 좁히진 못한다
> 서양의 여자들은 애 낳고 바로 아이스크림을 먹지만
> 우리네는 뜨건 국물로 길을 내야 젖이 돈다
>
> 애를 낳은 달은 어미와 자식이 동시에 통증을 기억한다
> 바다를 오래도록 끓여 함께 먹으면
> 밥상머리에 앉은 가족은
> 한 길 더 깊어진다
>
> ──「생일 미역국」 전문

디아스포라 문학에는 음식의 맛과 그들이 살아온 길, 그리고 모국어가 자주 등장한다. 고향의 맛이 그립고, 건너온 길이 아마득하며, 모국어는 영원한 본향이다.

"검은 바다를 송송 썰어 끓이는 날"이라는 한 줄에 시인이 그리워하는 모든 것이 들어 있다. 1연에는 솥 안에서 어떤 작용이 일어

요리가 완성되는지 설명한다. 1연은 미역국이 끓여지는 과정을 재현시켰다. 미역국의 맛이 숨어 있으며 "송송"이라는 의태어에 우리말의 아름다움이 살짝 드러난다.

2연에서 "산후조리를 아무리 잘해도 벌어진 뼈마디를 좁히진 못한다"는 구절은 여성이 아니면 쓸 수 없는 문장이다. "서양의 여자들은 애 낳고 바로 아이스크림을 먹지만"이라는 표현은 서양에서 살던 체험이 없으면 못 쓴다. "우리네는 뜨건 국물로 길을 내야 젖이 돈다"는 표현은 한국인이기에 가능하다. 이렇게 2연은 '서양 : 한국'이 비교된다.

3연에서 미역은 바다로 확장되어 "바다를 오래 끓여 먹는다"고 표현한다. 미역국을 끓여 먹으면 한국과 미국 사이의 바다를 끓여 먹듯이, 일시에 고향에 닿는 것이다. 두 번 나오는 '바다'는 시인이 바다 건너 먼 대륙으로 갔던 과정을 상상하게 한다.

2. 일상의 서정적 순간

서정시(lyric poetry)의 어원은 그리스어 '리라(lyre)'라는 악기에서 나왔다. 일상의 순간을 짧은 노래로 부르는 노래였다. 유희주가 펼쳐놓는 시적 전략은 거대한 사상이나 사건을 나열하는 방식이 아니다. 사람이 살아가는 시간 속에 삶의 의미를 깨달을 수 있는 아주 짧은 찰나의 순간이 있다. 그 순간을 서정적 상상력으로 융기(隆起)시킬 때 시는 탄생한다. 서정 시인의 역할 중의 하나는 시인은 눈에 보이지 않는 장면을 보고, 들리지 않는 소리에 귀를 기울이는 태도다. 하나의 짧지만 의미 깊은 예를 보자.

못 없이
어깨를 걸었다는 것이
오기 어린 노인처럼 짱짱하다

청청한 옥수수밭 안
크느라 소란이 환하다

버스 온다는 신호 기다리는 동안
푸른 소리를 잡고
무릎을 세운다

— 「나무 울타리」

산문은 풀어놓기지만, 시는 응축하기다. 응축되어 있는 시 이미지 다발을 풀어놓는 것은 독자 몫이다. "못 없이/어깨를 걸었다는 것"은 무슨 뜻일까. 오기 어린 노인의 모습과 겹치고, 하늘을 밀어올리며 자란 옥수수 이미지와도 비슷하며, 제목인 나무 울타리도 연상하게 한다. 2연의 이미지는 청각과 시각이 동시에 살아난다. "청청한 옥수수밭 안"에 있는 풍광을 시인은 여러 감각으로 살려낸다. 옥수수들이 "크느라", 시끄럽고 어수선하게 소란(騷亂)을 피우는데 그 풍광이 "환하다"고 한다. 앞서 썼듯이 시인은 들리지 않는 소리를 듣고, 보이지 않는 환한 풍경을 독자에게 전한다. 여기서 『소란이 환하다』라는 시집 제목이 나왔다. 2연은 그 두 줄로만 남겨도 짧은 시가 될 만치 아름답다.

시란 한 장면을 순간적으로 파악하여, 상상력이 빛나며 결정(結晶)되는 순간을 언어로 포착해내는 예술이다. 유희주 시인의 시는 한번 읽으면 가볍게 읽히지만, 선시(禪詩)적 요소가 반짝 빛나곤 한다.

"버스가 온다는 신호"는 어디서 오는 것일까. 누군가 옆에 있는 것일까. 옥수수가 신호를 보내줄까. 아무런 제시가 없다. "푸른 소리를 잡고/무릎을 세운다"는 주체는 화자일까. 오기 어린 노인일까. 아니면 옥수수일까. 나무 울타리일까.

응축해 있는 이미지 다발을 독자가 풀어야 한다. 시가 말하지 않는 부분은 독자가 상상력으로 채워야 한다. 리좀 뿌리처럼 얽힌 이미지 다발을 풀어내며 자기만의 의미와 만날 때 시적 울림을 체험한다. 시인은 그저 옥수수밭을 둘러싼 나무 울타리와 그 근처에 있을 법한 버스 정류장, 그 무사무욕(無私無慾)의 순간을 스냅 사진 찍듯 전하기만 한다. 그 순간의 응축을 풀어내며 우리는 기쁨을 느끼는 것이다.

2부에 나오는 시들은 유 시인이 살았던 지역에서 풍기는 음식 내음과 맛의 기호들이 풍성하다. 시인은 되도록 있는 그대로 그 공간에서 풍기는 이미지를 그대로 받아쓰려 한다. 언어의 조탁을 중요하게 여기는 입장에서 보면, 이런 시도는 시를 부실하게 한다고 보일 수도 있다.

3. 상실을 힘으로

고향을 상실(喪失)하고, 조상을 상실하며 본토를 떠난 경계인으로서, 디아스포라 작가들은 타지에서 상실을 견딘다. 많은 경우 극한의 차별과 모멸감 혹은 죽음을 작품 소재로 하기도 한다. 글로 쓰지 않으면 견딜 수 없는 압박감, 치욕으로 써야 하는 의지를 텍스트에 담기도 한다. 그렇다고 디아스포라 작가들이 모두 상처만을 쓰지는 않는다. 유 시인의 시에는 상생(相生)의 이미지가 가득하다. 4부에서 눈에 드는 시를 읽어보자.

> 베트남 여자 바니는
> 화장도 곱게 하고 치장도 예쁘게 하고 있지만 늘 화난 얼굴이다
> 말이 통하지 않는 각국의 사람들끼리
> 가장 쉬운 단어, 앵그리 우먼이라고 부른다
>
> 유니폼 갈아입는 라커룸에서 앵그리 우먼이 노래를 듣는다
> 나는 베트남 노래냐고 묻고
> 앵그리 우먼은 가톨릭 노래라고 한다
> 바니는 찬양을 반복적으로 틀어놓고 눈을 감고 있다
>
> 미지근했던 향수가 울컥 뜨겁다
> 여름 내내 대상포진으로 고통받던 바니가
> 고향을 떠나서 겪었을 하나하나의 일은 곧 나의 일
>
> 콧소리가 예쁘다는 칭찬 한마디에
> 모든 경계를 다 풀고 낭창낭창해진 바니가 라커룸에서 드린
> 그 기도가 무엇이든
> 나는 무조건 아멘이다
>
> ― 「베트남 여자」

늘 화난 얼굴로 있는 베트남 여자 바니지만, 시인은 앵그리 우

면으로 보이는 바니와 벗한다. 바니가 "고향을 떠나서 겪었을 하나하나의 일은 곧 나의 일"이기 때문이다. 바니와 시인은 고향을 떠나 상실의 나날을 보내지만, 그들은 화합한다. 상실을 체험하는 바로 그 지점에서 "모든 경계를 다 풀고", "무조건 아멘" 하며 극복하려 한다.

가장 일상적인 순간을 가장 쉬운 표현으로 담아낸 이 시집은 한국문학에서 변방으로 여겨져 왔던 영역을 확장시킨다. 유 시인은 역사적이거나 개인적인 상처를 어떻게 치료, 극복하려고 인간이 노력해왔는가에 주목한다. 행과 행 사이에, 연과 연 사이에 상실과 그리움이 상처로 남겨져 있지만, 시인은 그것을 어둡게 표현하지 않는다. 시인은 그 상처를 정면으로 직시하려 한다. 그 상처를 극복하여 상처와 대화하려는 상통하려는 노력을 시인은 보여준다.

서울중심주의, 혹은 언어중심주의 시각에서 보면, 유 시인의 시집은 아직 덜 구운 거친 막사발로 보일 수 있다. 청자나 백자나 분청사기는 아니지만 거친 막사발에도 미학이 있다. 디아스포라 작가들의 성긴 표현들은 게으름 때문이라기보다. 삶의 일상성을 날것으로 전하고 싶은 자장(磁場) 안에 스스로 놓여 있기 때문이다.

일본에 사는 자이니치[在日] 디아스포라 문학, 중국에 사는 조선족 문학, 중앙아시아에 사는 고려인, 미국에 사는 아메리칸 코리안 문학은 '새로운 중심주의 문학'으로 보아야 할 것이다. 그렇지만 디아스포라 문학의 아픔과 상처를 존중한다고 문학적 장치를 게을리하는 것을 당연시할 수는 없다. 이번 시도는 극단의 평가를 받을 것이다. 일상성을 살렸다는 평가와 반대로 시적 장치가 허술

하다는 평가도 있을 수 있겠다. 그 평가를 넘어서는 책무는 오로지 유 시인 자신의 몫일 것이다. 일상성을 전혀 새롭게 표현했던 시인 김수영이나, 보헤미안의 디아스포라 후예였던 카프카 문학의 탁월성을 떠올릴 수 있겠다. 세 번째 시집의 출판을 축하드리며, 유 시인의 또 다른 시도를 기대해본다.

金應敎 | 시인·문학평론가·숙명여대 교수

푸른사상 시선 103

소란이 환하다